故　园

北方◎著

中国華僑出版社
·北京·

图书在版编目（CIP）数据

故园 / 北方著．— 北京：中国华侨出版社，2021.5
ISBN 978-7-5113-8527-7

Ⅰ.①故… Ⅱ.①北… Ⅲ.①中国文学—当代文学—作品综合集
Ⅳ.① I217.2

中国版本图书馆 CIP 数据核字（2021）第 078808 号

●故园

著　　者 / 北　方
责任编辑 / 李胜佳
封面设计 / 孙　麒
开　　本 / 880 毫米 ×1230 毫米　1/32　印张 / 4　字数 / 50 千字
印　　刷 / 北京天正元印务有限公司
版　　次 / 2021 年 5 月第 1 版　2021 年 5 月第 1 次印刷
书　　号 / ISBN 978-7-5113-8527-7
定　　价 / 18.60 元

中国华侨出版社　北京市朝阳区西坝河东里 77 号楼底商 5 号　邮编：100028
法律顾问：陈鹰律师事务所
发 行 部：（010）64443051　　传　真：（010）64439708
网　　址：www.oveaschin.com　　E-mail：oveaschin@sina.com

目 录

故　乡

代 序

文化故乡有两个特点。

一是，它与地理故乡有重合之处和源流关系，但远不全等；包含了某个地域的底色，不一定代表认同这个地域全部或大部的人文要素。

二是，个体的文化故乡非常个性化，与近旁人未必相同。其中某个构成从何而来，一时难说得清楚。

总体而言，文化故乡与个体的生长环境、经历、阅读、个性偏好等因素有关，是主客观相互作用、相互选择的结果。

此处以下，就讲讲自己这个个体的文化故乡。

我生在中原。中原地区是典型的北方文化——近古以来叫北方，而在历史上的大多数时期，北方文化就是主流文化，河南、陕西等地区，是古“中”国的核心区域，大体上可归为一个文化风格。

·故　园·

儿时在土路上走，河堤上玩，田野里游荡，一景一物、一饮一食的体验，与书里的古国一一印证，更妙在人小眼矮，视小径而坦坦，看杂树而参天，在比兴和通感之中，俯仰时空。

比如，“彼黍离离、彼稷之苗”，不拘于黍，平原上的小麦、高粱、大豆，浩浩长风吹过，“悠悠苍天”。

“周道如砥，其直如矢”，平原的路总是直的，一种两侧生着杂草的土路，总给我故园的感觉。有时在公园、城市角落看到一小段这样的路，就像捡到小小遗珍，一定要去走一走的。

早年葛优演的《寇老西儿》，寇准最后贬官归乡，老仆驾着驴车，过一个缓坡，一条漫漫长路，老西儿喝口醋，一声长啸，天高地迥。

“河水洋洋”“淇水汤汤”，从前北方的河流是野的，不经修整，水岸杂生着红蓼、杂草，秋冬“蒹葭苍苍”，春夏“彼泽之陂，有蒲与荷”。曾有人“褰裳涉洧”“渐车帷裳”，古人今人的爱恨、劬劳流过去了，河水在苍穹之下时明时暗，仍然“活活”流着。

春夏秋冬于北方鲜明。春来万物生发，杏粉桃红梨白，在莽苍的土地上更显生机。夏天干热，毒日晒得发麻，有时晚霞满天，蜻蜓在草垛上翻飞。秋天雁叫长空，原野静默了，孩子们吸溜起鼻涕，奔着炊烟回家。冬天大雪纷飞，覆着白茫茫天地，大世界归于一隅，芦花草鞋，房檐上的长冰凌，柴火灶里烤红薯。

二十四节气偏于北方。小满的时候麦子灌浆，芒种左右要割麦，白露时有露水，霜降时便“鸡声茅店月，人迹板桥霜”，小雪腊酒浑，大雪“燕山雪花大如席，片片吹落轩辕台”，原野上“万径人踪灭”，那才好看，大寒“朔风劲且哀”，灞桥风雪中、驴背上，冷啊。

北方田园诗少，盖田园安逸富足者多在江南，南方人又会生活。

印象深的有“簌簌衣巾落枣花，村南村北响缫车。牛衣古柳卖黄瓜。酒困路长惟欲睡，日高人渴漫思茶。敲门试问野人家。”枣花、古柳、黄瓜、大碗茶，都是有实可据的，见过。“开轩面场圃”，这么开阔，也像北方。“谷口春残黄鸟稀，辛夷花尽杏花飞”，算得上闲逸了。“日暮苍山远，天寒白屋贫。柴门闻犬吠，风雪夜归人。”是北方式的温暖。

“蒿里”我常常行过。蒿草丛确实芜秽，因此用作生民的挽歌。“中庭生旅谷，井上生旅葵”，老家常说“旅生”的麦子豆子、“旅生”的菜，意思介于野生和种植之间，约指遗落、迁徙的种子偶然生长所得。

文化故乡不拘于当时当下，经过筛选和加持，种种融为一体，难分清了。比如我写《鸡鸣》，有人五更远行，晓霜残月鸡未叫，这个场景我也许见过、也许没有，但其事一定有的。写《赶车》，赶到集镇上，围着大锅灶喝热腾腾的羊肉汤，姥爷讲从前有人去县城，羊肉汤加汤不要钱，那人就着烧饼喝了九大海碗羊汤。写《野生动物》，平原人烟稠密，物种有限，平常灰扑扑的麻雀最多，有一天在无人陋巷中居然见一斑斓野雉，这做梦般的场景，让人想起韶乐、青梧。小时只见过泡桐，后来才在异乡偶然见到传统的青梧，枝干青青，荒丛之中隐隐华贵，如玉出于山，确实适于凤凰栖息。写《鸟》，“黄鸟喈喈”，北方黄土地上，树萧疏如铁，下不生草，枝叶青而不郁，一只鹅黄的鸟飞来——这个配色也是古典和梦幻的。

在南方，山水也好，鸟也好，绿映红，满一点，都理所当然。画颜色山水，若南方青绿，则北方赭石。

“条山苍，河水黄，浪波沄沄去，松柏在山冈。”

文化故乡也有声音。我听戏不多，但记得京韵大鼓《丑末寅初》，唱的是“打柴的樵夫就把这个高山上，遥望见山长着青云，云罩着青松，松藏古寺，寺里隐着山僧，僧在佛堂上，把那木鱼敲得响乒乓啊，他是念佛烧香。农夫清晨下地，拉过牛，套上犁，一到南洼去耕地，耕得是春种秋收冬藏闭户，奉上那一份钱粮。”多好哇！再有，黄土地上的秦腔，扯着嗓子吼，也能吼得中听，张艺谋电影《活着》里，各种刻骨的痛苦都被平淡乃至黑色幽默包裹了，这是创作者的功力；只有主角一腔吼出来，哎，那个铿锵悲壮。

“哗啦啦的黄河水，日夜向东流……”

以上是文化故乡的核心区，以下是外围区。

平原地貌局限，不妨碍怀想“幽幽南山”。“云横秦岭家何在，雪拥蓝关马不前”“君言不得意，归卧南山陲”，南山在旧国都之南，在朝者望而念之，在野者居之，是重要的文化地标。十多年前我独自去爬终南野山，终南何有？有野杏树，有周幽王二年地震崩落的庞大的巨石。山上偶见无人的破屋，门口拴着狗，山路转弯，见一背柴的白胡子老头。

秦岭是风水地脉。茫茫秦岭及其余脉上，散落无数古道、关隘。武关，潼关，老子骑青牛西出函谷关，铁马秋风大散关，剑阁峥嵘而崔嵬、细雨骑驴入剑门的剑门关。有秦楚古道，有陈仓子午褒斜之蜀道难难于上青天，有诸葛亮六出祁山，秋风五丈原。木门道武侯祠一对好联：“古道映斜阳，纵一脉秋云，两山翠屏，难赋诗愁。问村边牧童，可知诸葛否？小溪荡曲岸，觅三国遗韵，十里红叶，堪作画本。看天际归雁，又过木门耶。”

关中吃食和平原相近，20 世纪 40 年代大逃荒，带去了胡辣汤、韭菜盒子。吃食是文化归属的重要部分。

在北方，还可以扩展。如河西走廊和西域，异族所居也不妨碍文化认同。张掖的祁连山扁都口，焉支山和汉长城。敦煌的佛教洞窟，魏晋古墓，湮灭在戈壁滩的悬泉古驿。锁阳唐代故城里，玄奘讲经的夯土殿堂大半崩塌，剩下的小半还有檐额平整如镜，局部的历久弥新带来冲击力，而不远处，新的风蚀雅丹悄然初生。安西都护府，西出阳关无故人。西域十六国，不破楼兰终不还。敕勒川，阴山下，贺兰山的史前岩画，乃至昆仑山、居延海、蒲昌海、星宿海……不止古迹，荒漠化的人居残迹，绿洲里的村道、白杨和淙淙流水，葡萄树，都是广博故园的一部分。

很喜欢一种乐器，常常在影视纪录片里作为背景音乐，但不知其何。后来才知道叫作萨塔尔，好听极了，有强烈的画面感，一听，异域他乡，黄沙漫漫，人类在广袤的大地上迁徙，几千年的时光就出来了。

燕赵慷慨悲歌，幽并游侠儿，联翩西北驰，“风萧萧兮易水寒”“我已等待了千年，为何城门还不开”。这是文化故乡的边境了。

也不限于乡野。有一年去北京出差，约了朋友去尝护国寺小吃，饭后步行，穿过胡同直到后海，一路老四合院，乱糟糟的院子里晾着衣服。还有去年盛夏在京，大中午打不到车，骑共享单车去办事，中心城区某处长长一带没有建筑，一条岔路拐出，为树丛杂草掩映，两棵大柳树枝条飘啊飘，知了在上面顶着叫——那股风突然就吹到心里了，那是一缕带着故乡线索的风。再比如在西安，住在老居民区，早晨拐两个弯去吃腊汁肉夹馍，吃完去附近的杂货铺买矿泉水，北方的杂货铺是干燥清凉的、男女老少，择菜下棋，茶杯大蒲扇。这样看人们生活，很有意思。

甚至也不限于北方。第二梯队里还可包括湘楚巴蜀。云梦大泽，江流天地，“袅袅兮秋风，洞庭波兮木叶下”“鸿飞冥冥日月白，青枫叶赤天雨霜”“巴山夜雨涨秋池”“相思迢递隔重城”“蜀僧抱绿绮，西下峨眉峰”“星垂平野阔，月涌大江流”“君向潇湘我向秦”。我给耽美故事写歪诗：“赤枫如血落洞庭，银蝶逐月隐潇湘。君山有意君山老，一段相思一断肠。”

江南吴越山水，秀丽、繁华、雅致，但总有点隔。杭州西湖好，苏州园林妙，精细绝伦。苏州人说了，园林文化是后院文化，在后院舞文弄墨，管他世事春秋。事实上，江南人聪明，对世事极关心，对家国命运有担当，商业发达，走出去的路途多，见识也多。日常生活，则是阜盛一隅消遣小巧。白墙屋，青石板，烟雨迷蒙，吴侬软语，鸡头年糕细点心，这是南方人的文化故乡。

“那些都是很好很好的。”

然而逆旅中，还是北方乡野的草庐，能让人心中一热。

这不太好解释。我没有住过草庐或荒山野居。从文化渊源上，江南虽从东晋才大幅进入主流文化，但以其密度、质量，不但占有一席之地，且占据的比重是不低的。钟繇、萧统、王谢，“中间小谢又清发”“二十四桥明月夜”“多少楼台烟雨中”“飞云冉冉蘅皋暮，凌波不过横塘路”“春水碧于天，画船听雨眠”，有“凤阁龙楼连霄汉，玉树琼枝作烟萝”，也有“黄梅时节家家雨”“稻花香里说丰年”。南朝物华，何其昌盛。近现代以来，经济、科学、文化底蕴，更是优于北方。

《世说新语》里的许多东晋南朝逸事，情理上知在江南，潜意识仍然一直预设在北方，如“雪夜访戴”等，寒冷飘逸孤绝的仙气，渡过迷蒙的时空而来。直到今年认真走了趟剡溪，才如大梦初醒一般，这些故事也像一下子见了天日，醒了，情味衰减了。文化故乡在北方的人，浪漫主义也偏好北方气质。

也许故乡不在南北，不在今古。

潇潇江上雨，皎皎故国月。文化故乡是一个人的怀想，是次元壁外的一整个世界。

是耶非耶，它为蝴蝶。

太　初

鸡 鸣

母鸡似乎天然与乡下院子相宜。白天，带着一群小鸡，啄食粮食、虫子和草叶。有时跑到外面，叽叽喳喳漫步在路上；有车过，又携家仓皇奔逃到路基下。有时卧在地上晒日暖，小鸡往背上爬，再咕噜滚下来。一天叨叨咕咕、琐琐碎碎，融入院落的日常，和着人声、牛羊偶尔的响鼻声、厨房的切菜声、院角的压水声，缠绕在炊烟里。

母鸡有时很厉害，比如当她认为孩子面临威胁，她会剑拔弩张，高高扇起翅膀猛扑上来，尖锐高亢地叫着，阵势很吓人。

深夜，村庄安睡，鸡也安睡。有时，可能一只鸡挤到了另一只鸡，引发一阵短暂的骚动，咕咕叽叽几声，又重归梦乡。人听到了，也在睡梦中翻了个身。夜分外静。

诗书流传的鸡鸣多是公鸡。乡村生活实践中，公鸡是一个有点讨嫌的存在。他漂亮、威武，不事生产，还会打架闹事。除了炖了吃肉、做鸡毛掸子外，留一两只打鸣配种就够了。公鸡打鸣不只在清晨。午后，空气里弥漫着柴火燃烧的好闻气味，往往会有公鸡悠长一鸣，越发显得昼长人倦。

从前的从前，人们出行不易，如果要走远道访亲、易货、办事，可能很早很早就要出门。天边一轮晓月，路上有霜。赶着车，或仅靠着一双脚，走着，走着。远处有公鸡叫出了第一声，而天还没有亮。

鸟

20 世纪 90 年代中期之前，水还没被大规模工业污染的时候，河边芦苇上能见到翠鸟。翠鸟羽毛可用来做一种珍贵美丽的饰品——翠钿。真正的翠鸟比那颜色还美，梦一样的翠色，梦一样在河湾里啾啾而鸣。黄鹂鸟也有，柔嫩的鹅黄，隐没在粗糙的老树上。美貌都是比出来的，平原上树少，鸟的种类也少，最多的就是麻雀，其次燕子、鹌鹑、斑鸠等，一色儿灰扑扑的土地保护色。

燕子喜欢在人家房梁上筑窝，“堂前燕”，忙忙碌碌进进出出，显得这家子生机盎然。不时“噗”地拉下一团稀屎，正落中人的头顶。

鹌鹑、斑鸠会被人捕来，装在笼子里用粮食养着，算是乡下人难得的与生计无关的休闲。

暮春的时候布谷在原野上鸣叫，姥爷说它叫的是“傻瓜喝醋、傻瓜喝醋”。回声悠远。下了夕阳，上了烟岚。

秋天，常常有雁阵从高天上飞过，“关、关”地叫着。

乡下人有着不大不小的迷信心理。走路时，遇到喜鹊在道旁叽叽喳喳，认为是好兆头，就高兴；遇到乌鸦用它嘶哑的破锣嗓子啊啊啊，就觉得晦气，得吐上一口吐沫，再骂上两句脏话。不过，遇到乌鸦的机会总是比遇到喜鹊多。

雨

夏天的雨是讨喜的，其他季节的雨是讨厌的；而无论什么季节，夜雨总是讨喜的。

春雨稍微可恕些。一场雨一场暖，贵如油、润如酥，浸得土地像“膏腴之地”的样子了，一草一木都冉冉腾着生发之气。

秋雨、冬雨，是一场雨一场寒。天色阴郁着，冷风冷雨往衣服的每个缝隙里钻。乡下没有歌楼上，没有客舟中，无处体味也无从想起那悲凉壮阔的美感，只直观地讨厌满路的泥泞，啪叽啪叽黏在鞋上，多烦人。

农人的生活正像泥泞那样直接和袒露，地里干旱的时候，下雨就是降甘霖了。

盛夏正午，天又干又热，忽而片云致雨，豆大的雨点噼噼啪啪打在地上，激起强烈的土腥气。雨越下越大，水在地上肆意漫流。外面劳作的人淋成了落汤鸡，刚一路急跑到家，雨忽而停了，太阳立刻就出来了。平原上天空很高，挂着两丝白云，地上的水很快蒸发，天地透亮、澄澈、舒爽。

夏末秋初往往下暴雨，有的年景会发生涝灾。天像漏了似的，真正的瓢泼大雨啊，那雨大得，带着恐怖的刺激感，仿佛荡涤着世上一切罪恶和善。几天几夜，无休无止，仿佛与世隔绝，仿佛接下来海陆变迁、方舟、大禹治水，等等，都不是不可能的。

而四季的夜雨，在无垠的天地里包裹着一方小小温暖的角落。屋里有粗布的被窝，有灯，隔壁有仓，院角的狗窝里有只睡着的黄狗。

昆　虫

夏秋之际，蚂蚱（蝗虫）、蛐蛐（蟋蟀）出没在庄稼和草丛里。它们飞不远，但弹跳能力一流，眼看就要被抓住了，“腾”地一下，弹到两米开外。捉到了，用一根狗尾巴花从它后颈的“围脖”里穿过，一会儿就是一串，累累可观。乡下小孩，万物可作玩具，一只蜘蛛、一窝蚂蚁，都可以玩上半天，结局多半是将这些家伙身首异处。

捉爬蚱（知了的幼虫）有两种方法。一种是找到洞挖，这种方法成功率低，往往挖到底发现是个空洞；万一挖到蚯蚓，够恶心的。另一种方法就有趣了，晚饭后，趁天黑，拿把手电筒到小树林去，往树干上一照一个准。白天看到树干高处的空蝉蜕，就是逃脱魔爪的爬蚱留下的。

螳螂是个细腰美女，钳子夹到手非常疼。铁牛（独角仙）头上有尖尖的角，通体黑亮坚硬，像块抛光打磨的金属。椿蹦蹦多生长在臭椿（樗）上，体形像放屁虫，唯色彩更斑斓且不臭。

毛毛虫、豆青虫这些蠕虫，很多人会觉得恶心。个头小一点、瘦一点的，不那么恶心，比如楝树上常见一种麦粒大的小虫，用一根细不可见的丝，从树上垂下来、垂下来，离地米把高的时候，终于撑不住，“啪”的一声，掉到地上。

柿　子

柿子是深秋的记忆。风里有了寒意，露水深重，赤膊了一个漫长夏令的孩童，被套上褴褛的衣鞋，鼻孔下方，挂上了即将流淌一个漫长冬令的清涕。粮收仓，秸堆垛，田野裸露。绿色变得稀少，黄色占据了视野。黄是枯黄，或彻底失去水分的灰黄。

这个时候，柿子差不多就熟透了。橙的、红的小灯笼，高高挂在枝上，映着蓝天，特别显眼。北方的柿子大多是涩柿，摘下来需要捂得软透了才能入口。和苹果、梨同放，能熟得快；放在麦子、玉米堆里，据说可以存放很久。

柿子口感香浓黏稠，立在冷风里吃，甜里打着寒战。还有一种吃法是晾成柿饼。晾干的柿饼上会结一层白霜，下面的蒂可以治呃逆。柿饼绵软好咬，且更加甜。我姥爷非常喜爱吃柿饼。

柿子是从前乡村里少见的闲食之一。闲食是，不为果腹，为饱口欲、尝滋味。那时的闲食少有加工品，都是天然生成的，比如苹果、花生、红薯，等等。在这个群体里，柿子相对更有一点古老的感觉。秋天挑在树梢的柿子啊、枣啊，红红的，斑驳的，像是石器时代就长在那里了似的。

老　河

村庄边上有两条河，一条在南边，俗称老河，一条在西边，俗称新河。在正式地图上，它们都有另外的名字。

老河应该是自然形成的，东西流向，宽窄不太齐整。河水溶溶荡荡，岸边间植柳树，零星有叶子落下，打着旋儿向下游漂去。20 世纪 90 年代初的时候，姥姥还在河边的石板上洗过衣物，撒上洗衣粉，用一根木棒槌反复捶打。水中大渚小沚，长着高高的芦苇和蒲草，翠色森森，有大白鹅、野鸭家鸭及各种鸟类进进出出，在芦蒲丛深处留下大大小小的蛋。

老河上有座咸丰年间建造的赭色石拱桥。平原不占地利，战火频仍，地面以上很少见到古迹，同时石材也是少见的。因此，这座野村小桥，也被珍而重之地纳入“某地八景”之一，当然从来没有见过一个游客。

石桥两侧长着荷叶、菱角和鸡头米（芡实）。荷是非常古老的植物，荷叶又有着清新、活泼的体态，一阵风来，幽香沉醉清明，恍然若梦。曾有一年夏天，邻居挖了新鲜的嫩藕相送，滋味脆甜。菱角、鸡头米则每每很早就被游水的人摘走了，很难吃到。只记得鸡头米的叶子，圆圆的有点像荷叶，贴在水面上，皱皱的长着尖刺。

楮　树

楮树，有的地方叫构树，古时候叫榖或谷。

楮树一般是野生的。除做切菜板有美名外，作为木材似乎并不理想，因此没有什么人特意去种它。

楮树叶茂，叶面少汁少腊，毛糙糙的，触手并不扎人，乡野、粗粝、驯良。撕开叶子或嫩茎，会渗出乳白的浆液，可治疗皮肤病。此外有个治小儿泻肚的偏方，就是用楮树叶子层层裹住鸭蛋，火里烧了吃，效验不明。

楮树的花叫楮䕩揪子，样子像毛毛虫，糙糙的灰绿色的一串。吃起来却不糙，面粉裹了蒸熟，再拌上油盐蒜泥吃。

楮树的果实开始是绿色的球球，盛夏成熟后变成鲜红色。形状像杨梅，触感像覆盆子，味道像无花果——甜，只是甜，没有别的什么味。然而实在太招苍蝇，巨大的树冠上全是果子，也全是苍蝇。新河桥头要道旁有一棵大楮树，每到夏天，终日嗡嗡嗡的声响、坠地稀烂的红果，是过路人无法忽视的一景。

楮树树干上会长木耳。穿梭在林中寻啊寻，树叶间的天空蓝得使人眩晕，仰酸了脖子，突然有灰鸟喈喈飞起，这才惊动树林那幽暗的小小耳朵，在转弯处现身。

伐下楮树，树根扔在院子里山墙下，也能长出木耳。晴天木耳被晒成干缩的小团，下了雨或者浇了水，就泼泼剌剌舒展成肥润的大片，且长得特别快。给树根浇水，是一件非常有意思的工作。

江上雨

（一）

木华落秋山，夜雨入江湖。
兹兹一念远，此去风满途。

（二）

潇潇江上雨，皎皎故国月。
借问从来人，旧梦宁无缺。

立 秋

向晚骤雨住，梧叶起鸣蝉。
意气咽暝霭，声声滞欲断。
金乌坠高城，赤霞落旻天。
倏忽残曦尽，物影次第黯。
秋来其如何，潜移旦夕间。

磊磊石上松

磊磊石上松，凛冬更青青。长驱风入谷，荡得万壑空。
大雪落丘山，纷纷如闻声。自有天地阔，寒暑不得争。

再 会

你那里雨停了吗?

走着山路，跨过大石，离你还有几里路?

茅檐滴水，你会站在门口等我吗?

也许你会来接我呢。

我走了好远的路到这里来，我真开心。

草长在石头上。

阳光照在你的头上。

旧 时

土 地

在黄泛区的最南端，土地仍然带着黄颜色。灾难不到百年，已被全然遗忘，如今的平原一马平川，适合各种旱地粮食作物生长，是重要的产粮区。

百年后的一天，春阳煦煦，土地照旧承托着寄居的人和其他生物。麦苗间有草，拔起来，扯动了一层极薄的土壳，酥然粉碎。拔起的草根带了几块小坷垃，抖一抖、磕一磕，就都回到地上去。土壤干爽有墒，触手很舒服。白天人们耕作，累了就地一卧，头枕着锄把儿，脸上盖着草帽眯一会儿。夜晚，土壤在黑暗里更显温暖，植物、昆虫、微生物等等各样生命在其中静静呼吸、悄悄活动或沉沉睡去；睡很久很久的，就又化为了土壤，这也包括人。

如果没有见过其他地方，你会以为土地就是这样，其实不然。比如茫茫草原上，土层薄而脆弱；山里的土地东一块西一块，夹杂在坚硬的石头中间；梯田，景观背后是为讨口饭吃的勉力艰辛；还有东北的黑土地，开发时间相对短，腐殖质丰富，是傲人的膏腴之地。

平原的土地很厚，用铁锹挖地窖、挖去世的人的归宿，能看到熟悉的土地就这么深厚地存在着，往下只是变得潮润了一点；用机器打深井时，才有机会从深处打出一些碎砂。亿万年前先是洪水漫溉，然后大河奔流，留下着这沃积的广袤温床。

今天，水在河道里、田沟里流过，轻轻流过，土地仿佛岿然不变，再一百年，一千年。然而，土地年复一年地高量生产着，没有休耕；养活着生命，没有回馈。土地静静地消乏了。

土地。

土地永远都在，人类是流浪的群。

初　春

过完了年，鼎沸的盛筵告一段落，村庄回归安静的日常，季候也照例进入又一轮回。某一天，风变得软了，冰消融无迹，河边的柳烟远远透出鹅黄，初春到了。

河水刚刚化冻，宽广幽深，寒波缓缓。几只鸭子试探着下水，一小会儿就上了岸。岸边还覆着去年的枯草，但绿苗已经长出，有些皮实耐寒的小蓝花、粉花已零星开放。春潮势不可当，过不了几天，就是拘茅烟儿、拔野菜的好时机了。

刚返青的柳条还没有长出芽叶，正可用来做柳笛。折半拃长的柳枝，用手捻啊捻，捻到皮骨分离，再将里面的茎抽出来，同时要保持皮一点不破，这需要一些功夫。柳笛做好了，吹两声，哇呜哇呜。

黄牛和狗开始掉毛。人身上的棉袄穿了一冬，中午嫌燥，换上夹衣浑身轻松，错觉春天已全然来了，然而早晚间还是冷的。乍暖还寒时候，最易感冒。

这是初春，花还未全开，庄稼未全盛，空气里涌动的是希望，为那呼之欲出的梨白杏红、蜂飞蝶舞，为那日日在望的耕织忙、那在劳动中切实的怀想，为一年一年温暖又充满生机的原野。

这一年的胜景，才刚刚开始。

赶　车

平原尘土细细的大道上，行着一辆毛驴车。毛驴眼睛外侧被布罩挡着，好让它心无旁骛地赶路。赶车的照旧是个老头，穿着破烂发白的中山装，一顶旧帽，斜签着坐在板车前侧，持根细鞭子，有一搭没一搭地甩着。

在自行车还是稀罕物的年代，赶车就算是走四方了。有时是去附近的小集市上做些小生意。有时在一个又一个村庄里流动，卖掉花生西瓜之类，并收取粮食作为一般等价物。来也满满，去也满满。

有时跑得远，赶几十里路到县城去赶大集，贩卖物品，或者揽活搞物流。城南牲口行一带，是进城车马的落脚地，有铺面支了大灶卖羊汤。节俭的赶车人偶尔阔气一次，买上三五两羊肉，从大锅里加几大海碗羊汤，就着一摞烧饼，吃顿豪华饭。

赶车人和他的车，如同红细胞，在平原纵横有致的血管上漫漫流淌。原野，村落，河沟，土地庙，赶车人一一悠然而过，并不觉得有什么特别值得注意的地方。有的路两旁有行道树，有的没有。

日高人渴，前方大柳树下在卖茶，赶车人等闲不理会。走四方的人，渴上一半天不算啥。

夜　声

夜，或有星月，或是黑天。闭上眼，有浩微气息起于无垠苍穹的极远处，漫漫汇聚成风，千回百转，送入所在的一扇小窗。而夜的种种声音，就随着风传递进来。

有时是夏夜的清风摇动了院门外的杨树叶子，哗啦啦响，起夜出来，抬头能看见一轮大大的黄月亮，清凉的月光，照彻心头。有时微雨，有时狂风大作，暴雨如注，风雨形成一重又一重帘幕，隔绝出窗内的一隅安详。最美是冬夜落雪。都说雪落无声，但你知道在下雪，细听，就能听到雪声。雪声，单这两个字就够好听了。

犬吠是静夜之标配。平原久无狼患，连黄鼠狼都近于绝迹，家狗们尽可以睡大觉。然而往往某一只狗突然吠叫，继而引得附近的狗一起叫起来，过上一阵才能平息。如今在楼群环绕中，半夜听到遥遥的犬吠，几像回到那时那处。

有时夜深人静，门外大路上却传来脚步声，走近了，又走远了。幽人独往来。不知今夜赶路的这个人，又是为了什么缘故呢？

夏　晚

烈日仍然亮晃晃地挂在西南方，但炙烤的感觉淡了一点。空气仍然烫人，但不再像水波一样晃动升腾，已回归平静。一天里最美好的时段就要来临，它不动声色、徐图缓进，是被谁先知道的呢？蜻蜓。

门口路南大晒场上散落着几个小麦秸垛，临近傍晚，蜻蜓便在秸垛四周飞来飞去，飞得并不高，引得小孩左奔右突去捉它。忙活半天捉到一只，只见它薄透的翅膀是红色的，躯干也是红色的。抬头一看，原来日头在西，红霞满天，蜻蜓、麦秸和孩子的脸都在淡淡的金辉中红透了。谚云，朝霞不出门，晚霞行千里。平原的天空豪情万丈。

夏天天黑得慢，霞光久久才散，其后天空变淡、变轻黛色，还要持续好久，才慢慢黑了。知了依旧在树上扯着嗓子傻叫，地上开始喧阗，人们纷纷来到晒场上，蚊子也随着出动了。一物降一物，天一落黑，空中便飞来许多蝙蝠来吃蚊子。

这是一天里人们最放松的时刻，携了席子、凳子和蒲扇，席子有苇席、蔺草席、蒲席，讲究点的在下面垫上高粱秆串的箔，或者直接抬了木床出来，一家家以此为据点，乘凉，吃晚饭，聊天，玩闹。

凉风习习，远处四周树木房屋的剪影如同一圈矮篱，人们就在阔大的晒场上幕天席地睡下了。许久，人声渐渐安静，星河璀璨。

新 河

新河在村子西边，是 20 世纪 70 年代组织两岸农民开挖的灌溉运河。从北方二十里外的一条大河引了水，一路挖到这里；再往南二三里左右，河道拐了个九十度的大弯儿向西，到百十里外接上另一条河流。

河挖得颇宽颇深，河岸齐如刀裁。从河岸往两边还各延伸有几十米宽的平地，然后才是黄土夯成的河堤。以东是村庄，以西是广阔的田地，一座水泥桥截断河堤横跨两岸，连接了村庄向西的主干道。夏收秋收的时候，常常有米把宽的平板车拉了五米见方的庄稼垛，颤颤巍巍地从桥上经过，谁家的羊跟在板车后面，吃掉落的庄稼。

水岸外、河堤内的两带缓冲地，扩大了景观的层次，有了一点蕴藉悠远的意味。西岸缓坡上是稀疏的林地和庄稼，若秋初雨涝厉害的年头，可以拿着盆到地里舀鱼去，当然这里的庄稼收成也就完了。河堤中间掏洞加砖建有半间小屋，住着一个离村独居的老头。东岸缓坡，是长长无际的草地，绒毯一般从岸边漫漫铺开，到河堤处缓缓上升，然后再从河堤的另一侧陡然坠落，是放羊、捉蚂蚱、拔茅草芽的好地方；临水近处有两三棵大柳树，拴上两头老黄牛。

夯土河堤在平原上显得高阔，人们称之为“大堤”。大堤上总有浩浩的风。大堤靠近桥的地方形成小小的河湾，长满芦苇，冬天芦花随风摇动，映着曛曛白日和寒天，水面波光粼粼。

树　木

平原上树木不多，房前屋后种上几棵，或偶有小块空地被植成小树林，再就是村里村外路两旁栽种的行道树了。

常见的树就那么几种。

楝树个头高，叶子却是小小的，隔着树冠望天，蓝天被切割成碎花图案。夏天叶隙间洒下细碎的阳光，风一吹，流金闪烁。楝树的花是小小的紫红花，微香。果实叫楝枣子，青而硬的时候，可用来玩一种叫“拾子”的游戏。楝枣子黄熟了落在地上，一踩就破，气味苦臭。

泡桐又高又直，叶子很大。春三月，一眼望去，满树蓬勃的粉白花朵，小孩子往往去吸那花心，很甜。平原人密，闲地总被踩得坚实，唯有泡桐下面总是蓬松的生土，阴阴的。泡桐长得快，长到一人高，树干还没木质化，青青的空心杆子一撅就折。等长成后，也不是好木材，木质疏粗，手指甲都能抠下渣渣来。

榆树和槐树上长榆钱和槐花，都可以吃。特别是槐花，白里透着嫩绿的一嘟噜、一嘟噜，清新甜香，远远闻着就够美了。榆木结实坚硬，所以用“榆木疙瘩”形容死犟不通的人。

杨树是最常见的行道树，按一定的间距种在路两旁，长得高高的，树叶子被风一吹哗啦啦响，迎来送往。

楮树一般是野生的，无法成才，倒是做案板的好材料。椿树的雄花可以吃，加面粉蒸了，拌香油蒜泥，滋味不赖。

椿树则分香椿和臭椿。在古书里被列为椿樗二将，前者是“八千岁为春秋”的上古吉祥物，后者就备受歧视，是无用的代名词。

松柏只种在坟冢。有些地方新娘出嫁，也要在衣服上别一枝柏叶，不知是何讲究。

临江仙 · 神游

骑驴漫寻青阳踪，
河之南、山之东。
杨柳负暄舞轻风。
人安春未老，
到底洛阳城。

牡丹天香堪共醉，
年年有此胜景。
汉唐风流故纸中。
伊水山间来，
洛水蒲草青。

河山须臾我一生，
玉壶琼浆须倾。

北邙山下何所见，

黄牛食杏花，

野望尽麦垅。

临江仙·宅家

阳和方起晴光好

又是一岁春风。

冰雪块垒尽消融。

塞北坡上云，

江南园中红。

观花攀柳凡几番，

辰光去如飞蓬。

折旋消得杯中空。

一轮明月夜，

何必问西东。

处 暑

一夕溽暑尽，木叶动秋风。
鸟越野树林，虫入荒草丛。
凉月一壶酒，夜雨十年灯。
人隔江河远，缥渺闻雁声。

盛 夏

盛夏独坐久，面南大开轩。
一曲吴歌尽，数把浊酒添。
人多如征蓬，世事俱风烟。
苍莽从来路，独自空念远。
酒尽推盏起，对兹余嘿然。

·旧　时·

旧迹渡江树，老梦隐峣岩。
青牛走空咄，白马驰联翩。
还往楼外楼，不归山中山。

夏天是一只金色小鹿

夏天是一只金色小鹿
热热闹闹地经过我的庭前
带着仿佛永恒的跃动
又由此奔向原野
天上的星河慢慢移转
直至打开不为人知的密码
你看不见
但大地之心 倏然暗淡
就有
一根叶脉聚起第一缕西风
一弯新月照亮第一个静夜

一场不经心的雨过后

小鹿的身影消失

消失在青草丛之上的结界

无人注意的一颗水珠

映着第一抹斜阳

映着那梦一般如同不曾存在的

最后一抹告别

马路断章

天快黑了，有点凉。

农历八月了，路边树上还有知了在叫。

寒蝉在高处凄切，地上的人间仍是热闹平静的。

伤春悲秋这事属于农业时代。秋山叶落，石冷泉涸，暮霭溟蒙，高树上蝉声欲断，这个情景是笼罩人的。

西　游

耍　猴

看耍猴的记忆很早很早了，要追溯到没电视机也没柏油路的时候。即便在那时，也是非常偶尔才见到的节目。

一个人牵着一只猴，到一处，先拿出锣转着圈咣咣敲上一通，引得小孩大人都出来瞧热闹。然后就近找片空地，用口令指挥那猴，做出作揖、磕头等拟人的动作，或操作一些简单的道具。"沐猴而冠"，自然使人发笑，人们平日娱乐少，对新鲜物事都充满了兴味。等到猴转圈讨赏的时候，人们就立刻哄然四散了。

耍猴人便改变策略，挨家挨户去表演。乡下人白天没有关院门的习惯，人家在你门口转圈作揖半天，脸上过不去的，就给耍猴人的口袋里装上些粮食，人和猴都忙不迭地致谢。也有的时候，猴和人在人家门前不甘心地迁延许久，仍然一无所获。

耍猴似乎并不是个很有收益的行当。从前乡下人未经历过任何暴富的故事，将久久地经着风霜、久久地捱着辛苦，视作最自然的事。像要猴人这样的漂泊人，只因不用掏苦力，没人觉得他在辛苦谋生，反而被视为二流子一路。

要猴人形象倒也堂堂，不瘸不拐，衣衫整齐，神色带一丝狡狯和不羁。没业务的时候，卧在人家麦秸垛前眯起眼、晒太阳，猴便在他头上捉虱子吃，毕驳有声。

黄昏，夕阳在天，要猴人和他的猴终于起身，一路向西走去。

野生动物

平原人烟稠密，田地精耕细作，并非野生动物的好栖身地。老人说小的时候还看到过狼、狐狸，而在我们的记忆里，野生动物的种类和数量都少之又少了。

首先是野兔。秋收后裸露的田野上，三两散落着劳作的人们，突然，不知从哪儿窜出一只灰兔子，眼尖的人大喊：兔子！兔子！拎上锄头便追，另一人接声大喊并接力去追，家狗也吠叫着加入狂奔的队伍，安静的原野霎时被穿透。然而兔子实在跑得快，一瞬，已在数丈之外，再一瞬，已消失在地平线上了。

偶然能在清晨无人的公路边看到刺猬，这可是书上才有的动物，平时，从来没在草丛、秸垛、树林或别的任何可栖身之地见过它。它到底是在哪里生活？又是如何费尽心思躲避人迹的？

某个深夜，院里鸡窝突然传来一阵急剧的骚动，姥姥姥爷拿上木棒跑出去，过会儿回屋说，是黄鼠狼来偷鸡，已经咬死了一只鸡。这是唯一一次近距离“接触”黄大仙儿。

还有一次，在屋后无人的土巷看到一只野鸡。它拖着长长的尾羽，色彩斑斓。你知道，平原的村落都是因陋就简，灰突突的，几乎没有美感。正是这样的背景衬得那只野鸡美得惊人，仿佛在沙漠看到鲜艳的壁画，又仿佛是从青梧和韶乐中穿越而来。若不是印象深刻，简直疑心并不曾有这一幕。

牛

儿时听舅舅讲故事，无父无母的孤儿比如牛郎，总是有一头牛相伴。在农耕地带，牛比狗更像人类伴侣。

平原是主粮产区，没什么草给牛吃。暇时把牛牵到河滩上吃一点青草，其余大部分时间，它就一年到头地吃干麦秸。麦秸放在石槽里，偶尔倒一瓢麦麸当“料”，牛不容人把麦秸拌匀，逮住“料”猛吃，被拌料棍戳打脑袋也不管不顾。

早年人们仍然在用牛耕地。铁铸的犁耙非常沉重，牛吭哧吭哧地拉，时而站住闹脾气，闷着头挨打，死也不挪窝。有本书《清代旅蒙商述略》说到，为什么旅商不用牛来搞物流，就是因为牛爱闹脾气。牛脾气犟起来那真不是盖的，估计武则天三件套也不能奈何它。

牛并不臭。牛单独住一个三间打通的阔朗瓦屋，屋的另一侧堆杂物，有时也住人。牛粪也是好东西，雾气蒙蒙的清晨，常有老头拿锹去路上捡粪沤肥。

从活生生的动物到被杀吃的肉食，似乎是一个残忍的事情。观察未经任何外界暗示的幼儿，其在概念上对这一过程似乎是自然接受的。

而我们小的时候亲眼见过卖牛。老牛心里知道自己的去处，大眼里蓄了满满的泪水，沉默地流成两条河，被买主牵着拉走。寒冷的年代，肉食抚慰着人的胃，眼泪滴在人的心头。

小河沟

村庄西边的河人称新河，上有一座水泥桥，连接着村庄向外的大路。过了桥，上黄土大堤往北走一里左右，在堤下掏建了一处小水闸，将河水引了一股往西边的田地去，形成一条小河沟。据说从前建那个水闸的时候，曾从土里挖起来几口倒扣的大瓦缸，缸下是何物、是哪年哪代的，统统无从可考了。

河沟两三米宽，一米多深，长着苇子和蒲子。小河沟里的芦苇体形小，拔出最上头的芽管，剥掉里面的芯只留外面一层，放在嘴里可以吹响，嫩芽是“嘀——”，老芽是“呜——”。蒲子学名叫香蒲，别名鬼蜡烛，结着长长的有趣的蒲棒。芦蒲疏长在水边，意态古莽幽微。其下偶有水黾划过，荡起不起眼的涟漪。

临近的田大都是小块散地，点缀着种些绿豆、花生、红薯等非主粮作物。这里的劳动相对闲逸，可以携了小桶到河沟边舀虾玩。为数不少的小河虾，舀起来引得小孩兴奋和惊叹，末了再倒回去。那时是缺肉食的，但人们并不去吃河虾田螺这些东西。

辣 椒

除出名嗜辣的那几个省外，其实北方人几乎个个都能吃点辣，菜肴里常常要加点辣椒，只不过辣得没有那么猛烈罢了。

红辣椒用线穿起来，挂墙上晒干，再打成末装罐子里，或者直接整个揪下撕开，炒菜时当作调料。过年的时候，年夜饭里必有一碗辣白菜，酸酸辣辣，在油汪汪的鱼肉和炸物里一枝独秀。

干辣椒在火上烧得微糊，用石臼舂碎，油盐和成酱，是就馍的好东西，焦香宜人。饭店特别是清真馆子和烩面馆里的辣椒酱要讲究些，是用牛油泼的，腥膻浓厚，配牛羊肉或烩面相得益彰，平常吃就受不了那个味。

腌青辣椒非常好吃。青辣椒切丝，加上芹菜丝、韭菜段、姜丝、盐，放坛子里腌上十天半月，鲜辣爽脆。尝试把上述材料装保鲜盒放冰箱隔夜，也能隐约得其味。

新鲜辣椒也好吃。柿子椒，俗称菜椒，一点都不辣，观念上并不属于辣椒一类。最为常见的是一种跟秋葵差不多大的中等体格辣椒，辣味足够，又不像朝天椒那样辣得人滴溜儿转，可以单独炒成菜，用薄软而韧的烙馍卷起来吃，或者切碎了加面粉、鸡蛋、盐和成糊，两面煎黄，酥、香、辣。

朝天椒，老家叫撅天猴，辣得受不住。红的绿的一律直直朝上，颜色油亮，精神十足。若是切的时候碰到手，辣得能疼上好半天，万一再揉了眼睛，那酸爽，不敢想象。

菜的岛

小时候，爷爷奶奶经营了一两亩菜地，卖菜换取生活所需。

暑假如果不回姥姥家，就会回这边的老家。夏日炎炎，浅屋薄墙，明晃晃的毒日头晒透了，电风扇嗡嗡嗡全是热风，有时还会停电。苍蝇也一整天嗡嗡嗡。在这漫长的干热和嗡嗡嗡中，一天下来，人昏沉又烦躁，没一丝清明。

有风的天，我便独自出门去菜地。

顶着毒辣的太阳，走个七八百米就到目的地了。

地头种了几排高高的玉米高粱做屏障，左右是别人家的玉米地，形成四面围墙，中间一大片菜地，如无边绿色海洋中一片阴文反刻的岛屿，与世隔绝似的。风吹来，青纱飘摇，长叶婆娑，正像亘古的海浪轻拍着沙岸。

宇宙的潮汐永不寂寞。

菜地中央弄了一个棚子。精致者为亭，简陋者为棚。也是四根立柱，一个大大的草席、雨布、麦秸做的顶。下放着一架破木床，用砖头垫得高高的，床上铺着苇子席。白天劳作可以在此休息，瓜菜收获的那些天，爷爷晚上睡在这里，防小偷来偷菜。

棚子地势高，棚顶也高，视野开阔，遮阳又透风。在磨得发亮的破席上或躺或坐，自在。带一本杂书来读，或者花叶、虫子，皆可玩，自在。像置身古人修道的高轩啸台，环顾四方，无声地惊叹于自己独享的福地。

菜地里还打了一眼小小的机井，旁边一个塑料小桶拴着绳。垂下去，打一点水上来，洗洗胳膊腿，一会儿干了，再洗，物理降温。

最妙是瓜菜。看到成熟的果实从土地和植株上长出来，心理上的愉悦、欣喜和满足，大于吃到果实的幸福感。这大约是从采集时代就刻在基因里的反应吧。

时而在菜畦间巡视一番，看看黄瓜架上累累垂垂的大青黄瓜，豆角架上一簇簇一尺多长的豆角，通红的、半红的、青的番茄，辣椒，茄子，等等，惊叹于天地造物的神奇——造了人，就有这么多美妙的神奇东西长出来给人吃。

摘根黄瓜，井水洗一洗，咔嚓咔嚓吃掉，鲜美；摘枚番茄，沙瓤足熟爆浆，鲜美；甚至嫩一点的绿胖茄子，滋味也是甜甜的。

这片菜地，绿海里的岛屿，总体是一个好的记忆。假如以“父系老家、夏日限定”两个关键词为要件来搜索，这是其中难得的一个好的记忆。

在炎热烦躁之时，在漂浮不定之时。

乡下传说正午午时左右，是鬼魂出没的时段。这个理论颇让人不解——不都说鬼怕阳光，天亮就要隐藏起来，怎么日头最辣最盛时反而又出来了呢？

不过身处其境，正午时分，热到万籁俱寂，毒日发黑，阳极而阴，似乎有那么点感觉。还是回家吧。边走边惊疑地左右看，看右边地里的堂大奶奶，左边地里的五老太太，后面地里一群不知哪辈的老祖宗们，有没有从坟包里爬出来。

秸　秆

小麦秸秆可以用来编织草帽，那是精细手工，只有在专业作坊看到。日常的用途是做柴火。一大把填进去，“轰”地一下几乎烧到你眉毛上，还没来及睁眼呢，已经烧完了。火势猛，燃时短，填柴的人又累又烤得慌。不过秸秆柔软易燃，是引火的好材料。掐一截没被压扁的麦秸，能给小孩当吸管用。夏天的傍晚，大晒场上，金黄的麦秸垛，红蜻蜓环绕着，西边漫天晚霞，这是让人想起晚饭和凉风的景象。

玉米、芝麻、大豆秸秆相比都是好柴火。玉米脱完粒里面那个轴，“棒杵子”，也很好烧，绵绵的不大不小的火头。豆秸烧起来有个小乐趣，就是烧到隐藏的豆子，噼噼啪啪。玉米穗的外皮，非常柔软细密，可以做编织。网上卖的蒲团、衣篓，有些看起来就是玉米穗外皮编的。乡下小孩往往是编了做跳绳，编得好了，比红薯秧跳着结实。

二十多年前乡下没有燃气，蜂窝煤有了，但老人们嫌它慢或还是嫌费钱，不喜欢。人们物尽其用，收了粮食，打成面粉自吃，麸皮喂牲口，秸秆烧火，牲口的粪便还要捡来沤肥。没有人在收割季节集中烧掉秸秆，路上也没有什么垃圾，炊烟悠悠，烧上一年。

野 秋

草莽一丛秋，杂烟万里愁。
荣枯等闲事，昨日不可留。
踢履从此去，那般任休休。
西风吹我冷，晓月在枝头。

花 城

昔年有人出铜炉，孤绝厄命震八荒。
弯刀戮得千鬼哭，倾盖怜取一缕香。
赤枫如血落洞庭，银蝶逐月隐潇湘。
君山有意君山老，一段相思一断肠。
遍寻青林无影踪，愁煞西风不渡江。

西 皮

燕西一叶下，乃报清秋天。
澄江叹素素，黄花掩翠山。
碧落湛如水，雀儿岂无羡。
赤乌转西门，余晖镀金莲。
暗香浮三桂，明月何圆圆。
江上忽闻笛，生民多克艰。

种黄瓜

二月运土四趟，三月买种十颗，四月移栽五苗，六月开花无数。

长秧蔓蔓爬墙，肥叶蓁蓁遮阳。纽也颇有一些，奈何总是夭折。

最后长成一根，翠绿壮硕惊人。我还没有看清，已被那人下锅。

无　量

秋天过半

中秋前后是收获时节。生物扎根于土地，经光合作用长大成熟，到这时就攒足了大地色系和阳光的色彩，灰、黄、金、红，厚重又浓烈。玉米、高粱、芝麻、大豆，这些作物从田里收回来，捆成个堆子晒在场院上，在幼童眼里犹如巨大的城堡和迷宫，习以为常的空间换了全新的样子。日头洒下炫目的光线，但已消退了炙热的温度。人在空气中走路，仿佛蹚过稀薄的金色水波。火热的盛夏已经过去，如今是一年里最后的热烈，因为是最后，格外美丽，如同梦幻，是美学意义上的告别。

黄道移转。到了深秋，季节的金色门钮开始暗哑。天凉了，放养的孩子穿上长衣，脚上那双破凉鞋却没来及换，流了鼻涕，皴了脸颊。翻耕的原野不声不响，田间路旁的野草兀自苍苍。寒冷还没有到来，没有了切肤寒热的自然，不晓得是更加亲近，还是疏远。

有人从河堤上遥遥走过。大雁在高天上飞过。

村庄开始安静。伴着落叶，伴着轻霜，安静下来。

天将黑，世界踟蹰在某个不知名的漫漫归途中，慢慢隐没了它的光辉。

老 宅

如果画一个九宫格把老宅置于正中，在它的西北方，隔一条土巷，是片小树林，树下是十几堆低矮的黄土坟冢。其余七格皆是人家，家家人口凋零。

老宅房子是红砖垒就，常年不住人，薄墙浅瓦格外萧疏。院里有三棵高大的楝树，在无尽日月里寂寂落下它的碎花、干干的小树枝、叶子、枯黄苦臭的楝枣子。西南角是一棵大泡桐，曾在二三月开了满树粉白的桐花，如同一个朴实勤劳丰盛的女子。桐荫太浓，满地阴凉，格外显得杳无人迹。

院西侧曾种着两行十棵大月季。他处从未见过月季有如此粗壮的枝干，上面的刺都根根虬劲，枝繁叶茂，整株一人多高，一年有三季热烈地开着深红、粉红、玫红的美艳大花。曾有不知名的鸟在其中一棵上筑了窝，用湖蓝色的鸟蛋孵出丑丑的雏鸟，居高临下一看，只见几只齐齐朝上嗷嗷待哺的不成比例的大嘴。被看了几次之后，母鸟受惊不再回来。

院子的其他地方长着草，很多荠菜从一带地砖缝里冒出来，开着碎碎的花。土壤呈现着最荒疏的松状态。

也许在某个月圆之夜，树木摇摇，青草萋萋，有狐狸在荒园出没，徘徊而后遁于远丘。当然，并没有。

以前每年总要回老宅住几天。半朽的木柜里搬出积尘的碗筷，也能凑合吃上饭。压水井因为总不使用，出的是黄泥水，没法饮用。有一年请了人打深井，钻头滋滋钻着，疑心会钻出木头、陶片、枯骨什么的，当然，并没有。

雪

提起雪，第一想到的是“燕山雪花大如席，片片吹落轩辕台”，无他，有一个“大”字。上海这雪，算雪么？杭州那雪，算雪么？

雪对平原的冬天具有特别意义。失去了绿野的铺陈，天寒地冻，万物萧索，村落是灰扑扑的，树木是光秃秃的，无尽凋敝。古人说“冬藏”，藏起来的是生机。

就在这样的某一个冬日，彤云密布，然后飘起雪；雪越下越大，很快，碎琼乱玉中就夹杂了醒目的鹅毛雪花；天地间愈加纷纷扬扬，雪影形成立体的无边大幕，笼罩、充盈一切：庭院，原野，还有那迢迢关山与江河。

只遥遥想去。

而积雪是另外一种感受。厚厚的松软的白雪，堆在地上、房顶上、树枝上、柴火垛上，边缘皆是圆润，显得温暖可亲，是孩子和大人共同的童话。

雪夜，若晴，空气分外清冽，夜空分外黑，漫天繁星略带朦胧的晕，一样璀璨。星光下的积雪有幽蓝的微光。万籁俱寂。小路有人行走，深一脚、浅一脚，噗簌、噗簌、噗簌，一步一个脚印。

冬　野

日头若有若无的云阴天，冷。干冷的北风在野地上盘旋，一阵阵儿的。有时候呼呼吹出尖利的哨声，吹得杨树梢子上剩下的零星几片枯叶沙拉作响；一会儿又静下来，只有贴着地皮的枯草轻轻晃动，几片干枯树叶子卷起，趴着一动不动。

风再吹上几回，树梢就全然光秃了。

寒冬腊月，杨树树干是浅灰白的。你可能猜不到：北风吹透的干树叶，也是灰白色的——不是枯黄，不是褐色或其他。黄叶萧索衰败，演示着生命走向尽头。到灰白时，薄脆一片，失去了所有水分和生机，连萧索衰败也无，是空空。

北风吹透的道路、泥土，也是灰白色的。灰白是冬野的底色。白不是，白雪是慰藉的神迹。

楝树榆树是灰黑的。平原没有常绿乔木，行道树的叶子全要掉光。寒林漠漠，枯枝也如烟，一带带，将原野划分成一个个大井字格。

树上偶然飞来一只喜鹊，有时是乌鸦。喜鹊是灰色的，“嘎嘎”地叫，乌鸦是黑色的，“啊啊”地叫。天是苍色的。

冷。冷风吹透田野，吹透了衣服，巨大的寒冷，直击人的头脸、手脚、全身。真冷啊！

河沟里有残芦花。稀稀疏疏地摇动。集够一捆芦花，可以绑一双粗糙的草鞋，保暖有奇效。

僧人说“白马入芦花”，这画风恍恍惚惚，似空不空，颇有点文青。

河　屋

新河由北向南流去。河水两岸是宽阔的平地和缓坡，长着草毯，也有地方被垦为小块耕地或林地。耕地用以种植花生、红薯、绿豆这些小类作物，林地便往往是杨树。

过了水泥桥，河的西岸靠南一点，几株杨树背后，挨着河堤隐然露出一角青瓦。大约是在夯土河堤下掏了一块空间，再用砖瓦盖上门面。一个老头独居在此处。

老头身体健康，形象整洁，时常过桥来与村人闲聊。在村里有儿子，有宅基地，不知为何离群而居。这个河屋距离村子并不太远，但还是隔着苇塘、河堤、宽阔的河和树林，再往外，就是广阔的田野。

夜晚，月亮高高悬在天上，照着烟霭迷蒙的寒冷原野。风从林间吹过，惊动几只鸦鹊。青蛙和癞蛤蟆从林中蹦跳而出，投入寒潭。土层中藏着地狗子和最后的蟋蟀，在坷垃和枯叶中紧抱一丝温暖。野狗从河堤上方走过。刺猬和黄鼠狼从河堤上方走过。

黄　蒿

人们对植物也作高下之分，蒿属较低下的一类，“蒿里行”“我辈岂是蓬蒿人”，草莽又粗野。这样粗野的蒿，想必不是芦蒿、茼蒿或艾蒿，而是黄蒿。

黄蒿常长在较荒芜的杂地、树林，姥姥家屋后小树林里就有一片，茎干坚韧，矮的及踝，高的过膝，间或有些不明物体甚至小动物尸体，反正是乱蓬蓬的让人疑心，轻易不敢涉足深入。可以想见，“蒿里行”，确是荒无人烟的景象了。

黄蒿气味浓郁，有驱蚊蝇的功效。夏天做豆瓣酱，将长醭的豆子蒙上一层纱布在太阳下暴晒的环节，为了减少苍蝇光顾，就要割上大束黄蒿放在旁边。黄蒿从屋后林中移到了烈日下，像是倏然还了阳，显得洁净了，蒿类特有的那股子气味也很好闻。

前段时间获得诺贝尔奖的青蒿素之青蒿，又叫黄花蒿，不知和黄蒿是不是同一种植物。网上搜了图片来看，仍然不能确定，只见大片大片碧绿的及人高的蒿田。如果是它，谁又能想到，曾经莽秽之蒿里，竟成今日之景象呢。

庭 树

在院子内外种一些树，尤其是与吃有关的树，往往能给人一种家宅丰宁的感觉。

最早是一棵枣树，种在灶屋山墙南边。枣树的树干非常粗糙，小小的叶子、小小的花，都不起眼。秋天结了小小的枣子，被鸟和虫子吃掉大半，长熟了带一点锈红，像风吹皴的小孩脸。树上常流窜着猫，有时候还有蛇。后来灶屋推倒重建，枣树也被伐掉了。

院子西南角有一棵高大的柿子树，占了很大一块面积。结果的时候一片橙红，叶子都快掉光了，还满树累累的果。寒冷的深秋，映着枝丫的蓝天，呀，想起来，就想吸溜鼻涕。

有几年还种着花椒树、香椿树。花椒树个头不高，虬劲的干枝，稀疏的小叶子，结着一簇簇一簇簇的椒实，像一尊得道的古风大盆景。柴灶里鱼汤咕嘟咕嘟煮着，现摘几片花椒叶扔进锅里，别有风味。香椿则长在大门外，笔直如一杆表木。香椿芽是春天的好滋味，切碎了油盐一腌，好这一口的人如获至宝。

后来又种了一棵梨树，梨树长得不快，十好几岁还只有胳膊粗，又特别能结，秋天需要拿几根木棒支撑着丰收的枝条。品种是铁皮梨，深褐色丑丑的皮，果肉雪白水润、细嫩无渣，带一点微酸，口感不错。不过最好的还是春天，一树纷繁的白梨花，端立在庭院正中，清丽无俦。

陈　丐

从前乡下有许多乞丐。现在应该基本没有了，都城市化了。

那时候的乞丐是真乞丐，只要口吃的，穿的也行。不要钱，要也没人给，乡下人，谁有闲钱给他？

有个陈姓乞丐，与众不同。时年六七十岁，称得上仪表堂堂，寸头，清瘦，一双浓眉，精神头很好，穿着对襟盘扣的褂子，品位不俗。跟当时的乡下人站一起，一时真分不清谁是施的，谁是讨的。

陈丐有个四十来岁的疯子老婆。精神或智商有点问题，但不是武疯子。疯子老婆给她生了一堆儿女。大女儿十几岁，进城打工后就不怎么回家了，家里貌似还有三到四个孩子。另外还有若干孩子生下来卖了。有一年，刚刚又送出去一个儿子，陈丐向着众人慷慨陈词："……

给他送个好人家，人家正缺儿子，他也能过上好日子，我家里这几个孩子也能吃上饭。”意思是三赢。疯子老婆一旁木然听着。

陈丐也是有“当年”的。

“想当年，俺家可是大地主，这沚河两岸多少亩地，你们这些地，全是俺家的。”这个不是吹牛，众人纷纷首肯。

陈丐家住沚河东岸某村，活动范围覆盖沚河两岸，大致是他家当年的领地范围。沚河西岸的桂堂伯，是和他一个爷的亲堂弟，有两道浓眉为证。桂堂伯赶上了改革开放的第一道春风，盖了深宅大院，家产颇丰。与陈丐的健谈不同，桂堂伯沉默寡言，自尊心又很强，不爱被围观，每每听说陈丐领着他的老婆孩子大部队进村了，就急急锁了朱红大门，一家人躲回去。偏有好事者“砰砰”去拍他家大门：“桂堂，桂堂，你大哥来了！”或者叫着他家的小孩：“永生，林林，你大伯来了！”桂堂伯无法，派了永生或林林，匆匆送出半筐馍或者半袋面粉，又匆匆进去，依旧锁上门。

偶尔疯子老婆也独自出来乞讨。人问，你家某某呢？疯子老婆也会含含混混答：“……唔……病了……”

归 来

近日我妈有事回了一趟老家，拍了老宅的视频给我看。老宅已多年无人问津，满园高树深草，门窗都被掩了，现成的聊斋场地。想想我曾在这黑洞洞的门窗之内住过，有身处聊斋的平行体验。

我妈说，隔墙西边的月，在离家十八年杳无音信后，于去年春节回来省亲了。

在《老宅》一文中讲过，以老宅为中心的九宫格，家家人口凋零。比如西边的月家，月的妈妈和继父桂堂伯，分别于多年前死于服毒和自缢。

桂堂伯非本族人。他本是河东地主后代，跟《陈丐》主角是堂兄弟。

小时候回老家，桂堂伯的二女儿林带我去村子里玩，路过一户人家门口，放着石磙拴着羊的角落，她悄悄告诉我：“这里埋着我爷爷奶奶。我爸不让跟人说。”

桂堂伯的父母是被枪毙的。

如果是20世纪50年代土改时期枪毙的，那时桂堂伯应该才十岁多点，下面两个妹妹和弟弟更小，最小的弟弟可能还在襁褓中，这样五个孤儿全部生存下来的可能性不大。所以时间应该是更晚。

长到成年，两个妹妹是女孩，在农村是不愁嫁的。两个弟弟慢慢赶上了社会气氛松动，也顺利地娶了媳妇。只有桂堂伯蹉跎成了大龄青年。

大龄青年桂堂伯是第一批农村改革先锋。80年代初出外行商，带队给人盖房子，走了千里万里。走到四川，带回来一个小他十来岁的女人及她三岁的女儿，就是小月。

这个女人，我叫大娘的，当时是有夫之妇。她还有一个几岁的大儿子，被留在了四川。

行商、当包工头、带人私奔这三件事，仿佛勾勒出一个巧言令色的形象，其实不然。桂堂伯内向、沉默，一般农村人无论朴实还是狡猾，都对人没什么界限感，他则终其一生与四周格格不入，保持着强烈和固执的疏离。大娘为人也很严肃，可能出于一种防御心理，从不往人堆里去。

平原的民房多是红砖粗粗垒起，抹缝、装修都粗糙得很。有一种说法，是因为此地历来多灾难，人们逃难的思想准备写入基因，没有立百年家业的传统。桂堂伯则不同，在这事上体现了一个地主后代的理念和资深包工头的技艺，独树一帜的青砖大房，端凝精细，大门楼子里庭院深深，自成世界。房如其人。

三十多年前，大娘生下了桂堂伯的长子永生，后来又生了次女林、小儿子小星。桂堂伯家西侧是他的小弟和小弟媳妇家，我叫三大和三大娘的。亲兄弟处久了也会有嫌隙，也会吵架。桂堂伯的杀招是："不是我养活你长大，不是我给你娶媳妇，你会有今天？你没有良心！"三大娘嘴巴利索，杀招是当众高声重述她大伯哥和大嫂的特殊婚恋方式。桂堂伯两口子在这事上虽然行得比一般人不羁，脸皮却比一般人更薄，只能铩羽而归，呕血三升。过了一年半载，两家又和好了，如是者再三。

有一年，大娘收到四川娘家来信，说是老母亲病重，希望她回家看望。大娘一去几个月，那时没有电话，桂堂伯在惶惶的等待中越来越郁闷，整天拉长了脸。终于，大娘带着一个清秀的少年回来了，说是娘家侄子来住一个月。大人们背地里说，不是侄子，是她当年留下的大儿子。当时我跟林打架，后来俩人上了武器，林的这位哥哥介入劝阻，我就把矛头转向这个敌方援兵，他一边制止一边笑："呵！小孩这么厉害！"

桂堂伯和大娘两口子性格其实很相近，不多话，心思重，心气非常高。大娘对月的学业寄予厚望，桂堂伯和大娘又共同对永生的学业寄予厚望，然而两个孩子的成绩并不理想。月还是愿意读点书的，永生淘气贪玩，心思不在书本上，性格却是很好的。

二十多年前的一个早晨，大娘因琐事和月吵了一架，然后服毒鼠强自杀了。那时刚好是个暑假，我们回老家见证了这样一出悲剧。

下葬的时候，永生作为长子，要扛柳木幡，在棺木落入土穴、人们往上撒土的那一刻，挣扎着绝望地大喊：“俺妈！俺妈啊！”少年撕心裂肺，闻者无不落泪。那年永生十二岁。

大娘的娘家兄弟们接到信赶来，已经是很多天后了，责问妹妹是怎么死的，为什么会自尽，是不是受了欺负。众人力证并没有，大嫂子一直当家做主，就是跟孩子吵了几句，一时想不开。婶娘们悄悄教月，你以后还得靠你爸（继父）养你，你舅们也不会带你走。所以月作为一个相对有力的证人，是帮着爸爸说话的，蹲在爸爸身边，向陌生的舅舅表明了立场。

后来我问林，你想你妈妈吗？林说想。小星在一旁说：“啊！你想咱妈，你不听话！我告诉咱爸去。”小星只有五岁，并不确切知道发生了什么。

桂堂伯除了交代不许想这个狠心的妈，还交代几个孩子不许惹事，夹起尾巴做人。这个对别人还可，只有林，本来是个非常好强的女孩，从此温良恭俭让起来。

桂堂伯性格日渐封闭和激烈。某天给他侦查到，出大门往北，隔着片坟地的一百米外，另一户人家堂屋门楣上挂了一个巴掌大的小镜子，大约是挡煞气用的。他认为人家把煞气反射到了自己家，上门把镜子给人砸了，惹出一场不大不小的风波。

月考学无望，去做了民办教师，算不在家吃白饭。

又是一个暑假，我们聚在三大娘家玩。月说起桂堂伯跟她吵架，拿擀面杖打她，骂她害死了她妈。她拿胳膊挡了一下，青了一大块。又说起，夏夜一家人拿了几张席子或床，分散在院子里睡觉，半夜醒来，黑暗中看见继父站在她的床前，一言不发。三大娘便建议她回四川，找自己亲生父亲。之后月便独自离开去了几千里外的四川，这是她第一次去比县城远的地方，从此音信全无。

永生读书有没有努力一点，不知道。我上小学的时候他上初中，我上了初中他上初中，我上了高中他还在上初中。但这并不能怪他，农村孩子，从小学到初中，剩下约二分之一；从初中到高中，能剩下百分之一。

桂堂伯给永生说了门亲事，重新翻盖了大房院，箱子里留下存折和一些首饰，然后在一个夜晚，悄悄拿根绳子在他小弟门楼外上了吊。三大娘清晨开门出来，迎头撞上，当即瘫软在地。这年永生十八岁。

在叔叔们的指导下，永生装殓了父亲，当天戴孝跑到未来丈人家磕头求亲。老家习俗，父母去世需守三年孝，除非女方赶紧进门，以儿媳妇身份戴孝办丧，算溯及既往。其实习俗未必要守，叔叔们担心的是，此时不娶，以后变数太大，一个大孤儿带着两个小孤儿，万一人家悔婚就麻烦了。

所幸丈人和未婚妻痛快答应了，十八岁的小嫂子进了门。永生终于辍学了。林也辍学了。林是他们兄妹几个中成绩最好的，时不时还能考个前几名。可惜她那对孩子考学有无比执念的父母去得太早，没有耐心等到这个次女崭露头角。

永生带着媳妇和妹妹出去打工，他干装修，跟父亲比算同一领域内的产业升级。干了两年，回来装修了自己的宅院，别处都很大方，唯大门楼内墙漆成淡粉色，配上幽深大院和厚重的大门，挺萌。先后生了一女一儿，养得健壮活泼。小星实在太小，不能去打工，就独自留守老家上学。哥哥给他买了电饭锅电磁炉，教了他做饭。人们背地里说小星脑子有问题，见村里人不知道说话。其实应该是从小迭遭大变的缘故。春节哥哥姐姐们回来，小星就一步不离地跟在林身边，“二姐二姐”地，像个幼儿呼唤母亲。自从他五岁时妈妈去世，他就把依赖对象转到了这个唯一可亲的女性亲人身上。林像个真正的小妈妈，对小弟极尽慈爱和耐心。有了嫂子后，林在家里的姿态是一个柔顺可亲的小姑子，带着小弟俩人低调地存在着，尽心尽力疼爱侄女侄子。

林在打工的城市曾有一段不成功的恋爱，这段经历被人在老家渲染，导致后来说亲不太顺利，好在最后还不错。出嫁的时候，永生给妹妹备了不差的嫁妆，风风光光出了门。

小星熬到初中毕业，跟着哥哥姐姐出去打工了。过了几年，到了乡下的婚龄。因为被人说脑子有问题，永生辗转给找了个倒插门的亲事，又在县城买了套房相送。

十多年前我最后一次回老家。永生一家来看望。聊到月，不知道她现在在哪儿，过得怎样，甚至不知道当年究竟有没有到达四川，有没有顺利找到她的亲生父亲和哥哥。有很多人猜过，她会不会被拐卖了，毕竟是90年代前期，一个乡下女孩子独自出远门，就凭着信封上一个模糊的地址，辗转去几千里外。永生的担忧一直没有放下，说想去找找姐姐。嫂子笑着说，说梦话，上哪儿找去？

我妈这次回去，年轻人一个没见着，只见到了动过手术刚刚能行动的三大娘。给三大娘在我家老宅拍了张照，站在野蛮生长的大树和荒草丛中，我完全认不出她来了。脚下是一地红彤彤的枣子，也没人进来摘。

据三大娘说，最后找到月的过程是这样的：永生在打工的地方，和人说起了自己姐姐的故事。谁知这一次有个同乡说，她有亲戚在四川，认识月的娘家嫂子，也是在同市打工的。永生就在这亲戚的陪同下到四川嫂子家。四川嫂子表示，从来没听月说起过你这个人，不知道有你这号弟弟，电话号码不能给。永生解释，并不是要投靠她或者跟她要钱，只是出于姐弟亲情，我爸已经去世多年了，我一直放心不下姐姐，我把我的电话留给你，你要是想通了就给我姐，让她自己决定跟不跟我联系，我都没意见。

永生还没回到自己家，在车上就接到了月的电话。

当年月到了四川没几天，她的大哥就给她找了婆家。嫁人后生了个女儿。

去年春节，月带着女儿回了一趟老家。她走的时候二十岁左右，现在她的女儿已经十七岁了，个子比她还高。我妈跟我强调了两遍，说月问到了她这位小婶。

三十多年，于一小片地方的一两代人来说，仿佛已经经历了一个朝代那样的兴衰。那从头就埋葬了我父系故乡的老宅，如今已成半个废墟。永生家的深宅大院，成了最后一代乡村长大的人于春节时千里奔袭的固执寄托，其余的三百五十天都空置无人。三大娘家的两层楼十来间房，由垂垂老去的老两口独守着。

那一年流行周华健的《真心英雄》。春节，晚上大人们在门口空地上摆了一圈礼花，挨个点过去。一个礼花能喷半天，明亮璀璨得很。我和林她们拉手跳着，唱："在我心中，曾经有一个梦……"那时村庄有很多小孩，那时有母亲和父亲。后半夜下起了雪。纷纷扬扬的大雪，笼盖了整个天地。

夜 寺

龛夜入山寺，萧森动客心。
连年战火仍，维今余焦痕。
殿堂成残垣，金身化齑粉。
方寸绝生气，生池耽孤魂。
孤鸦惊飞走，哑哑不堪闻。
庭中有枯树，枝冠早离分。
斑驳虬结干，兀自奋张伸。
风起黑云动，又将残月吞。
所及沉墨色，疾飚入空门。
落叶群起舞，忽作龙蛇奔。

新安江

世界是一个工地
未完工的大楼亮着几处灯光
今晚
多数人进入睡眠
塔吊上最亮的那盏射灯
照向百尺峭壁下的深渊
混浊的古老江水
光晕里如灰白的汤
黑漆剥落的木船
荡起暗哑的樯橹
渔女用方言唱起歌谣
歌声娇媚沙哑
远远消逝在
前方夜色沉沉的群山

从西归来

从西归来是喜悦的

因为最后的叹息 被风席卷

因为长路缱绻着山脉

因为一双笑的眼

从东出发是孤独的

因为故土荒草丛生

因为行囊已旧

因为身后波涛 一去不复返